Maria Grau

VALIE

Dibujos de Laia Guerrero

Editorial el Pirata

Esta es la historia de un perro abandonado que siempre va muy descuidado.

ESTA ES LA HISTORIA DE UN PERRO ABANDONADO QUE SIEMPRE VA MUY DESCUIDADO.

Olfatea la basura enseguida buscando cualquier comida.

4

OLFATEA LA BASURA ENSEGUIDA BUSCANDO CUALQUIER COMIDA.

Con Ana hoy se ha encontrado
y desde el principio se han gustado.

CON ANA HOY SE HA ENCONTRADO

Y DESDE EL PRINCIPIO SE HAN GUSTADO.

El perrito mueve la cola, es muy juguetón
y también un perrito de lo más bonachón.

EL PERRITO MUEVE LA COLA, ES MUY JUGUETÓN
Y TAMBIÉN UN PERRITO DE LO MÁS BONACHÓN.

Y juntos empiezan a caminar,
porque Ana se lo va a quedar.

Y JUNTOS EMPIEZAN A CAMINAR,

PORQUE ANA SE LO VA A QUEDAR.

Valiente es como lo ha llamado,
porque le ha parecido muy adecuado.

VALIENTE ES COMO LO HA LLAMADO,

PORQUE LE HA PARECIDO MUY ADECUADO.

Juegan al escondite sin parar
y comen pan para desayunar.

JUEGAN AL ESCONDITE SIN PARAR
Y COMEN PAN PARA DESAYUNAR.

Y, como aún es de día,
lo enjabona con energía

Y, COMO AÚN ES DE DÍA,
LO ENJABONA CON ENERGÍA

y se van contentos a la bahía,
a tomarse una fotografía.

Y SE VAN CONTENTOS A LA BAHÍA,
A TOMARSE UNA FOTOGRAFÍA.

Ahora Valiente está bien aseado
y huele mejor de lo que hubiera imaginado.

AHORA VALIENTE ESTÁ BIEN ASEADO
Y HUELE MEJOR DE LO QUE HUBIERA IMAGINADO.

"¡Guau, guau!", ladra Valiente bien fuerte,
porque sabe que ha tenido mucha suerte.

"¡GUAU, GUAU!", LADRA VALIENTE BIEN FUERTE,
PORQUE SABE QUE HA TENIDO MUCHA SUERTE.

VALIENTE NOS ENSEÑA
QUE DEBEMOS CUIDAR A LOS ANIMALES.

1.ª edición: octubre de 2018

...

6.ª edición: febrero de 2021

© Maria Grau i Saló, 2011
© Laia Guerrero Bosch, 2011
© Editorial el Pirata, 2018
   C. Ribot i Serra, 162 Bis
   08208 - Sabadell (Barcelona)

ISBN: 978-84-17210-22-9
Depósito legal: B 15990-2018
Impreso en Toppan (China).

Editorial el Pirata apoya la protección del copyright.

El copyright protege la creación de las obras literarias; por lo tanto, es un elemento importante para estimular la creatividad de los artistas y la creación de conocimiento. Les damos las gracias por respaldar a los autores, al haber comprado una edición autorizada de este libro, y por respetar las leyes del copyright al no reproducir, escanear ni distribuir ninguna parte de esta obra por ningún medio sin permiso.

Diríjase a CEDRO (Centro Español de Derechos Reprográficos, www.cedro.org) si necesita fotocopiar o escanear algún fragmento de esta obra.